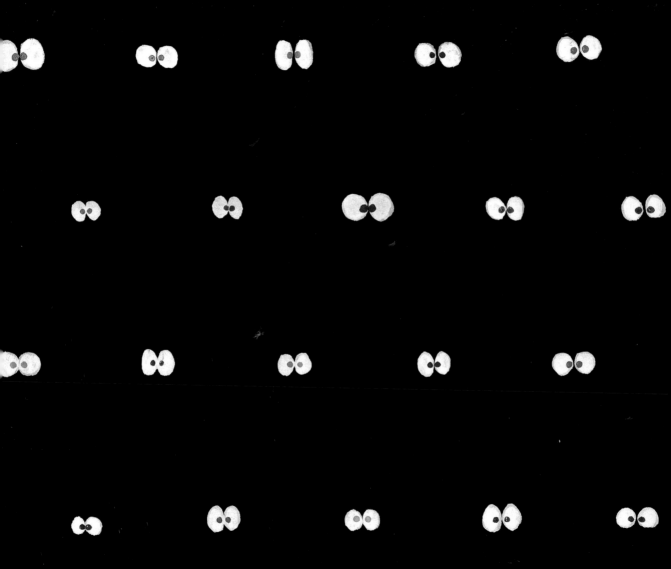

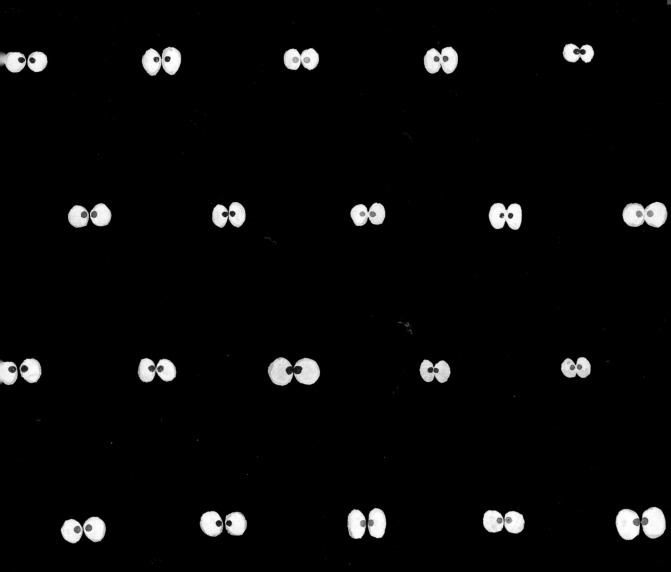

Pour Lucile et Tristan ~ M.B.
Pour Claude, merci pour Lucas, Louis et Elinor ~ C.N.-V.

© 2005, l'école des loisirs, Paris, pour l'édition dans la collection « lutin poche »
© 2004, Kaléidoscope, Paris
Loi n° 49.956 du 16 juillet 1949 sur les publications
destinées à la jeunesse : mars 2004
Dépôt légal : novembre 2010
ISBN : 978-2-211-08178-8
Imprimé en France par Clerc SAS à Saint-Amand-Montrond

Thomas n'a peur de rien

Texte de **Christine Naumann-Villemin**
Illustrations de **Marianne Barcilon**

Kaléidoscope
lutin poche de l'école des loisirs
11, rue de Sèvres, Paris 6ᵉ

Thomas n'avait peur de rien.
Rien ne l'effrayait.

Tout bébé déjà, il n'aimait rien tant que dormir
dans le noir complet, porte fermée.
Sans doudou, sans sucette, sans musiquette.

À trois ans, jamais il ne surgissait dans la chambre
de ses parents au milieu de la nuit en criant :
« Au secours ! Y a un monstre sous mon lit ! »

Le premier jour d'école, tous les enfants hurlaient :
« Je veux pas y aller ! La maîtresse, elle est vilaine !
Les enfants, ils sont méchants ! »
Thomas, lui, était très content
et trouvait tout le monde charmant.

Lorsque ses parents lui lisaient des histoires,
jamais il ne frémissait, même s'il était question
du grand méchant loup, d'une horrible sorcière,
d'un fantôme terrifiant ou d'un pédiatre
avec des grands poils partout.

Rien ni personne ne l'impressionnait.
Toutes les baby-sitters lui plaisaient, même Hilda,
l'étudiante en droit.
Le tonton Roger et son chien Grizzli lui semblaient très gentils.
L'affreuse statue du parc Sainte-Marie
et la dame de la ludothèque le faisaient presque sourire.
Et même le spectacle terrifiant de sa petite sœur
mangeant sa première glace réussit à l'attendrir.

Évidemment, ses parents se faisaient du souci.
Ils auraient aimé avoir un enfant comme les autres.
Ils ne savaient que faire, d'autant que tout le monde
avait son avis sur la question...

« Il faudrait le surprendre », disait la boulangère.
« Cachez-vous derrière les portes
et faites-lui *bouh !* quand il arrive. »

« Essayez donc la crotte de poule en sachet », suggérait le boucher ;
« on m'en a donné quand j'étais petit, et rien que d'y penser,
j'en ai encore les dents qui claquent ! »

« Montrez-lui des films horribles dans la journée », proposait
la crémière, « et mettez une cassette de bruits atroces la nuit… »

« Un truc qui flanque vraiment les chocottes, c'est de les perdre exprès dans un magasin », lâcha nonchalamment l'épicier.

Les parents décidèrent donc de consulter un spécialiste.
Dans la salle d'attente, ils prévinrent Thomas :
« Chéri, la dame va t'examiner. Elle va sûrement te regarder
dans la gorge, t'appuyer sur le ventre et peut-être même
te faire une piqûre.

Tu n'auras pas peur, mon petit cœur?»
Thomas ne répondit même pas.

Enfin, ce fut son tour. La docteur lui fit un bilan complet.
Elle posa beaucoup de questions et l'ausculta avec attention.

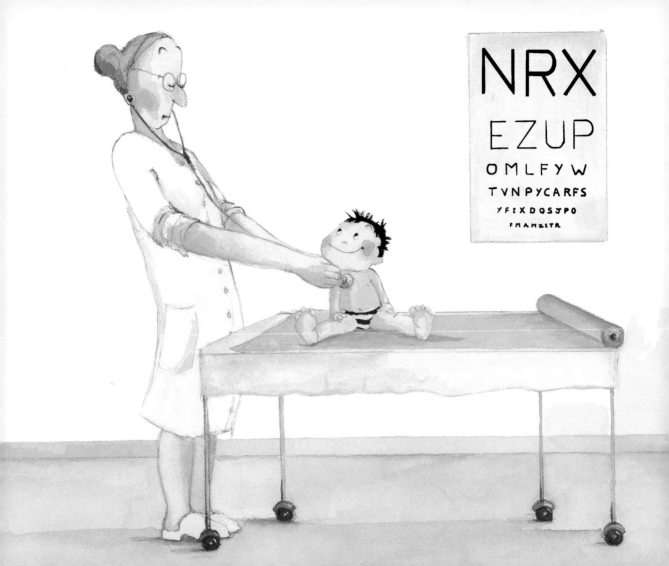

Puis elle déclara :

« Madame, Monsieur, effectivement votre fils n'est pas
comme tout le monde. Mais ce n'est pas grave du tout.
Ça peut même être formidable pour lui. Imaginez !
Il pourra faire des choses dangereuses et géniales,
comme par exemple… je ne sais pas moi…
coiffeur pour tigres, chatouilleur d'éléphants
ou dentiste pour enfants…
À propos de dents, tu en as une qui bouge, Thomas.
Félicitations, mon garçon, la petite souris va passer… »

« Une souris ? »

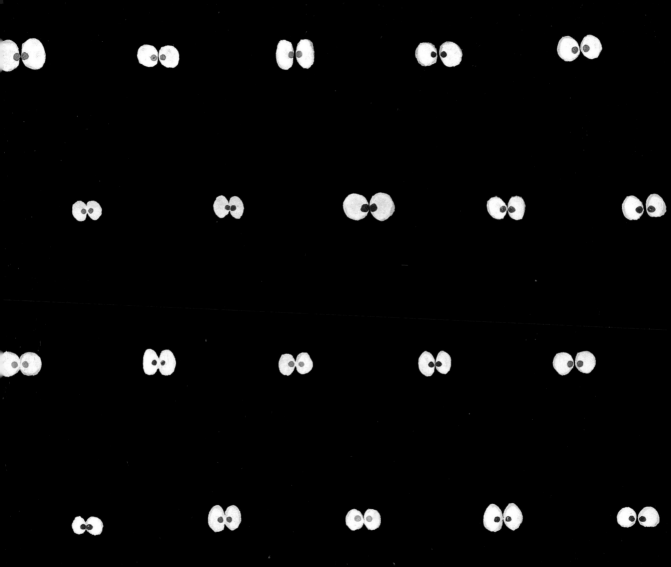

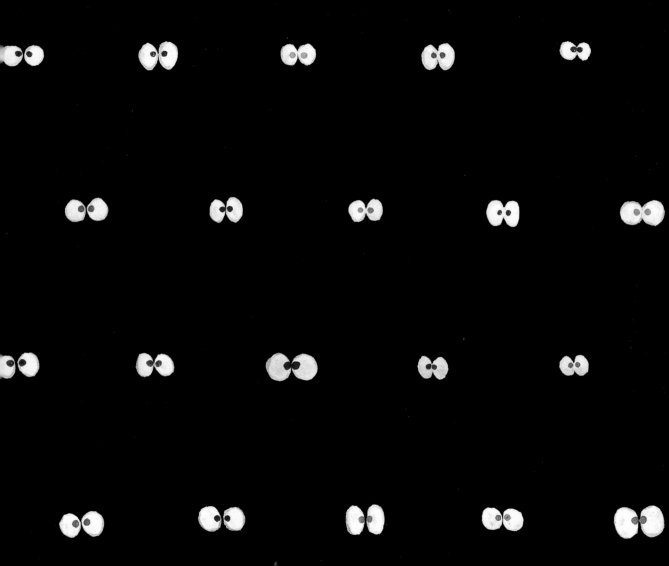